Sylvia FLORIANE

**Un Viager
C'est le bouquet !**

Editeur: BoD – Books on Demand

Du même auteur

Koko the sparrow and friends 2006
Koko spreads his wings 2008
Koko et George Sand 2009
Koko and Father Christmas 2009
Koko and the Queen of England 2010
Koko le moineau 80 jours autour du monde 2011
Koko the sparrow 80 days around the world 2012
Demain si c'était vous 2012
Mister Pip's holiday in Cannes 2013
The next door neighbour 2014
Koko and Mino 2015
The encounter/La rencontre 2016
Koko discovers the Island of Jersey 2017
Koko and Tom in Zululand 2019
Koko and Baloo the naughty dog 2019

Sylvia FLORIANE

Un Viager
C'est le bouquet !

Editeur: BoD – Books on Demand

Édition : BoD – Books on Demand,
12/14 rond-point des Champs-Élysées, 75008 Paris
Tél. : + 33(0) 1 53 53 14 89
Impression: BoD - Books on Demand, Norderstedt.
Allemagne
ISBN : 9782322376780
ISBN pdf :
Dépôt légal : Juillet 2021

UN VIAGER C'est le bouquet !
Pièce en 3 actes

Acte I   page 6
Acte II   page 44
Acte III   Page 69

PERSONNAGES
Par ordre d'entrée en scène

Charles, le père
Suzette, la mère
Paul, le fils
Madame de la Tour, la vieille dame
Valentine, la nièce

ACTE I

Décor: Paris, un living- room cossu.
Le rideau se lève sur Charles qui lit son journal, il est assis sur le canapé, c'est un bel homme, élégant, l'air sérieux, la cinquantaine bien sonnée, et sur Suzette, belle femme, joyeuse, élégante, elle aussi la cinquantaine.

Scène 1

Suzette, *elle entre l'air toute guillerette.*
Charles, J'ai une bonne nouvelle à t'annoncer, ton fils va enfin venir nous voir.

Charles, *en posant son journal.*
Tu veux dire notre fils.

Suzette
Oui, bien sûr, notre fils.

Charles, *se levant.*
C'est étrange, mais Paul est revenu d'Australie il y a maintenant déjà plus d'un mois, et pour lui qui bouge tout le temps, cela me semble une éternité. Ce n'est pas normal. Il y a comme une odeur de roussi dans l'air.

Suzette
Tu veux dire presque deux mois.

Charles
À quelques jours près.

Suzette
Oui Charles, tu as raison, quand Paul est en France il a toujours le feu aux fesses, et des fourmis dans les pattes.

Charles

Il va sûrement encore nous annoncer un nouveau départ pour aller vivre à l'autre bout du monde.

Suzette

Hélas ! Je le crains, j'en ai bien peur !

Charles

Il ne nous ressemble pas. Nous sommes si casaniers, nous aimons bien notre confort, notre routine !

Suzette

C'est le moins que l'on puisse dire, car nous n'avons jamais été plus loin que la frontière entre la France et l'Italie.

Charles

Si, tu ne t'en rappelles pas, nous sommes allés en Espagne, nous avons même poussé jusqu'à Barcelone avec un dictionnaire d'espagnol dans la poche, et pour en fin de compte, ne manger qu'une tortilla debout au comptoir d'un petit troquet de quartier.

Suzette

Et boire un verre de vin rouge du pays.

Charles

Oui je m'en rappelle encore, ce vin c'était une vraie piquette.

Suzette

Mais nous l'avons tout de même bu sans même broncher.

Charles

Une autre fois, nous sommes allés jusqu'en Angleterre, où nous avons fait un aller-retour dans la même journée, en ferry de Calais à Douvres, car là-bas nous avons été accueillis par une telle purée de pois qu'elle nous a fait revenir le même jour.

Suzette

Oui, ce *fog* comme l'appellent si bien les anglais, il nous avait tant effrayés que nous avions décidé de revenir sur le champ.

Charles

Après avoir bu un thé bien chaud pour nous réchauffer.

Suzette

Je me souviens encore qu'au retour la mer était si agitée que j'ai eu un mal de mer terrible. J'étais si malade que j'ai cru rendre l'âme. Je voulais même me jeter par-dessus bord, et en finir avec la vie.

Charles

Heureusement que j'étais là pour te retenir par la peau du dos, sinon tu ne serais plus de ce monde, tu aurais été engloutie par les flots glacés de la Manche.

Suzette

Et toi tu étais frais comme un gardon, alors que moi j'étais à l'article de la mort. La nature est trop injuste, elle est vraiment mal faite. Nous ne sommes pas tous égaux devant le mal de mer.

Charles

Il y a déjà si longtemps !

Suzette

Comme le temps passe vite.

Charles

Oui, Paul n'était encore qu'un enfant.

Suzette

Aller jusqu'à Barcelone et à Douvres, c'est la porte à côté, en comparaison avec notre fils qui après avoir passé plusieurs mois au Canada, aux Etats-Unis, il est parti en Australie, à l'autre bout du monde. C'est à se demander si j'ai été une bonne mère pour lui, on dirait qu'il me fuit comme la peste. Pourtant, j'en ai passé des nuits blanches à le soigner quand il était malade, et aussi à le dorloter quand il en avait besoin. J'ai toujours été là pour partager ses joies et ses peines chaque fois qu'il faisait appel à moi.

Charles

Mais voyons Suzette, cela n'a rien à voir avec toi, ni même avec l'éducation que nous lui avons donnée.

Suzette

Alors dis-moi pourquoi il nous fuit.

Charles

Il ne nous fuit pas, il a seulement le goût de l'aventure.

Suzette

Il ne tient pourtant pas ça de nous !

Charles

Non, mais le goût de l'aventure c'est comme un virus, quand il vous prend, il ne vous lâche plus.

Suzette

Tu es bien philosophe ce matin.

Charles

Vu les circonstances j'essaie de l'être, car avec un oiseau pareil, il faut s'attendre à tout.

Suzette

J'espère qu'il va au moins rester avec nous pour déjeuner.

Charles

Ne prépare rien de spécial pour lui, s'il arrive pour le café, ce sera déjà bien, car il n'est jamais très pressé de nous voir.

Suzette

C'est vrai que nous ne l'avons pas encore vu depuis son retour d'Australie. Il nous a juste seulement envoyé quelques mots pour nous dire, je suis bien rentré, je suis à Paris.

Charles

Il n'a même pas pris le temps de nous parler des kangourous et des crocodiles.

Suzette

Ni même des koalas.

Charles

Tu as bien raison ma chère, ce tendre et cher Paul se fait désirer.

Suzette

Quand je pense qu'il a loué un studio au sixième étage, sans ascenseur, à quelques pas d'ici, alors qu'il a toujours sa chambre bien garnie et bien chauffée qui l'attend chez nous.

Charles

Un studio ! D'après ce que j'ai compris, il ne fait que 12 m2, et pour moi ce n'est pas un studio, mais une studette.

Suzette

Oui, presque une chambre de bonne.

Charles

Il n'a pas pu en louer une car il n'y en a plus, maintenant on les appelle des studettes.

Suzette

Oui, mais dans sa studette, d'après lui, elle y a une douche et des toilettes, alors que les chambres de bonnes n'avaient ni douche, ni toilettes, les sanitaires étaient sur le palier à partager avec les autres occupants du 6eme étage, et il fallait même faire la queue si on avait une envie trop pressante.

Charles, *en soupirant.*

Je suis impatient de savoir ce qu'il va nous annoncer, notre pigeon voyageur.

Suzette

Peut-être qu'il nous réserve une bonne surprise.

Charles, *ironique.*

Une bonne surprise de sa part j'en doute fort !

Suzette

Oui, tu as bien raison, car avec lui, il ne faut pas croire aux miracles.

Charles, *en soupirant.*

Hélas, malheureusement !

Suzette

Mais peut-être qu'il nous a ramené dans ses bagages une belle australienne.

Charles

Si c'est le cas, j'espère qu'elle parlera au moins un peu le français.

Suzette

Moi aussi, car je n'ai plus ouvert un livre d'anglais depuis que j'ai passé le Bac, et que j'ai raté d'ailleurs.

Charles

Tu l'as raté 3 fois.

Suzette

Oui, mais en ce temps là, on ne le donnait pas, il fallait le mériter. Il n'y avait pas presque 100% de reçus comme aujourd'hui, mais seulement 50%, et l'autre moitié devait le repasser l'année suivante. Le Bac avait de la valeur. Il ouvrait des portes, et ce n'est plus le cas, maintenant il faut un Bac + 2, ou + 4, ou plus encore.

Charles

Le passer 3 fois sans l'obtenir, ça fait quand même beaucoup !

Suzette

À vrai dire, les maths n'étaient pas mon fort et l'anglais non plus d'ailleurs, car pour moi, l'Angleterre c'était le brouillard, et pour apprendre ce maudit anglais il fallait traverser la Manche, passer une année au pair dans ce pays brumeux, cela voulait dire de dormir dans un lit glacé avec des chaussettes, sans une bouillotte, dans une chambre minuscule, non chauffée, sans même un petit radiateur dans un coin, et en grelottant toute la nuit.

Charles

Oui bien sûr, c'est bien connu que l'on n'apprend pas une langue étrangère dans les manuels scolaires, mais en séjournant dans le pays.

Suzette

Alors que Paul, son anglais doit être parfait après tous ses longs séjours en pays anglophones.

Charles

Je préfèrerais qu'il nous ramène une belle australienne plutôt que de le voir repartir à l'autre bout du monde car il approche la trentaine, il va bien falloir qu'il pense sérieusement à son avenir, et à se caser dans le monde du travail. Oui, il va falloir qu'il comprenne que la rigolade c'est fini. Il faut tirer un trait dessus.

Suzette

Maintenant à trente ans, on les appelle encore des jeunes.

Charles

C'est sûr, qu'avec tout le confort qu'ils ont, et des parents qui les bichonnent rien ne pousse les jeunes à se fixer.

Suzette

On ne fait pas des enfants pour les rendre malheureux, et surtout comme nous, quand on n'a qu'un fils unique.

Charles

Notre tendre et cher Paul avec tous ses diplômes, plus l'anglais en langue étrangère parlé couramment, il va pouvoir trouver un bon poste ici. Je vais lui en toucher 2 mots, et lui faire comprendre que sa vie d'adulte n'est pas de courir le monde avec un sac à dos, car il n'est plus un adolescent mais un homme maintenant, ou du moins je l'espère.

Suzette

Alors je compte sur toi pour le raisonner, et faire appel à tes relations dans le monde du travail, car tu connais suffisamment de gens bien placés, pour l'aider à trouver un bon poste à Paris qui puisse lui convenir.

Charles

Je vais faire mon possible, mais rien ne me dit qu'il va m'écouter. Il est têtu comme une mule.

Suzette

Quand il est loin de nous, je me fais tant de souci, je ne veux plus le voir repartir, je m'angoisse, il ne nous écrit jamais, et je ne peux même pas lui écrire car il n'est jamais au même endroit. Il bouge tout le temps. Alors qu'un petit mot de temps en temps, cela nous ferait bien plaisir, n'est-ce pas ?

Charles

C'est à croire que les timbres coûtent trop chers.

Suzette

Et les cartes postales aussi, mais il pourrait quand même nous envoyer un SMS, cela ne coûte rien un SMS, juste trois mots pour nous dire je vais bien. C'est tout, je ne lui en demande pas plus.

Charles

Oui, bien sûr, mais s'il a ramené une australienne avec lui, peut-être que cette australienne va vouloir ramener Paul en Australie. Elle aura peut être déjà le mal du pays.

Suzette

Non Charles, ne me dis pas ça, mais si c'était le cas, il faut nous préparer à la convaincre de rester chez nous en France.

Charles

Et comment ?

Suzette

En lui parlant des bons produits français qu'elle ne connaît peut être pas, et qu'elle n'a probablement jamais goûtés.

Charles

Et tu crois que de lui parler du foie gras, des truffes, du Champagne et des Champs Elysées, ce sera suffisant pour la retenir !

Suzette

Pourquoi pas ! Si cela peut la convaincre de rester dans notre beau pays.

Charles

À Darwin elle avait le soleil, la mer, d'immenses plages de sable fin, et d'énormes vagues pour surfer.

Suzette

À trois heures de Paris, en TGV, nous avons Biarritz, la mer, et le surf.

Charles

Biarritz et Darwin ce n'est pas tout à fait pareil.

Suzette

Ça va, ne cherche pas midi à quatorze heures.

Charles

Je suis seulement un peu réaliste, j'essaie de regarder la réalité en face.

Suzette

Et peut-être pire encore, s'il nous a ramené un petit australien.

Charles

Parce qu'il y a des petits et des grands australiens.

Suzette

Non, mais tu vois bien ce que je veux dire.

Charles

Je vois qu'il a des petits et des grands français, comme il y a des petits et des grands australiens, mais je crois que là-bas ils sont plutôt grands, blonds, et bien musclés, ils sont sportifs, ils surfent. Ils sont les meilleurs surfeurs au monde. C'est bien connu.

Suzette

Ah ! Ce n'est pas ce que je veux dire.

Charles

Tu veux dire quoi ?

Suzette

Peut-être que notre fils est de la jaquette.

Charles

De la jaquette ?

Suzette

Oui enfin je veux dire peut-être qu'il est une grande folle.

Charles

Une grande folle, mais c'est toi qui es folle !

Suzette

Nous le voyons si peu, alors nous le connaissons mal, même très mal.

Charles

Il est toujours parti au bout du monde. C'est une vraie étoile filante.

Suzette

Alors bien sûr, on ne peut pas le suivre partout.

Charles

Il n'a rien d'une folle, sinon nous nous en serions déjà aperçus.

Suzette

Pas forcément.

Charles

Il ne boit pas son café en levant le petit doigt, comme le font les folles.

Suzette

On ne le sait pas, peut-être qu'il le fait quand on ne le voit pas. Nous ne l'avons pas vu boire son café depuis plus d'un an, et en un an on peut changer sa personnalité.

Charles

Non, pas lui, en un an il n'a pas pu changer son fusil d'épaule.

Suzette

Il ne nous a jamais présenté une fiancée.

Charles

Les jeunes ne se fiancent plus, ils vivent ensemble avant de se séparer ou de faire un bébé.

Suzette

J'espère qu'il ne nous ramène pas un petit bébé pour nous le laisser sur les bras.

Charles

Avec un bébé, il ne vivrait pas dans une studette de 12m2 cela coule de source. Il nous l'aurait déjà ramené, et on l'aurait sur les bras.

Suzette

Et il pleurerait toutes les nuits.

Charles

Non pas Paul, ce n'est pas possible, il n'est pas assez mûr pour être père de famille.

Suzette

Mais on peut être père de famille sans le vouloir, par accident, par manque de précaution.

Charles

Non pas lui, pas Paul, il se protège, ou du moins je le pense.

Suzette

Et s'il nous ramenait un petit australien cela ne me dérangerait pas le moindre du monde, je saurais encore m'occuper d'un bébé.

Charles

Comme toujours, tu fantasmes ! Tu te vois déjà grand-mère.

Suzette

Je préfère le voir revenir avec un bébé sur les bras plutôt que de le voir repartir là ou je ne sais où !

Charles

S'il nous ramène un petit aborigène avec les cheveux crépus, des grands yeux noirs, et des grosses lèvres, ça passera encore, car nous acceptons tout de lui, et il le sait.

Suzette

Je t'en prie, ne noircis pas le tableau.

Charles

Je suis réaliste. Je regarde la situation en face, et je l'affronte.

Suzette

Non, comme toujours, tu es pessimiste.

Charles

Et toi, trop optimiste !

Suzette

Je suis comme toutes les mères, je veux garder mon petit poussin, sous mon aile, dans un nid bien douillet pour le protéger des vautours qui veulent le dévorer.

Charles

Ton petit poussin, il va bientôt avoir 30 ans.

Suzette

Et alors ! 30 ans ou pas, c'est mon fils.

Charles

À son âge, il vole de ses propres ailes, tu ne peux pas le retenir, il ouvre la cage, il s'envole, et il prend le large sans crier gare !

Suzette

J'aimerais tant pouvoir le garder prés de nous, et le voir devenir un homme à notre image.

Charles

Inutile de te creuser les méninges, tu n'y arriveras pas. Ton pigeon voyageur je sens qu'il va encore s'envoler. Il va encore nous filer entre les doigts.

Suzette

Allez, nous avons assez bavardé, le temps passe si vite, va te raser, et moi je vais à la cuisine, j'ai prévu un poulet rôti avec des haricots verts, alors il y en aura pour trois et même pour 4 s'il nous fait la surprise de venir avec une belle australienne ou un beau petit copain australien.

Charles

Un poulet rôti haricots verts, ce n'est pas très original, et à mon avis, je ne pense pas que cela va être suffisant pour retenir un petit copain australien ou une petite copine australienne !

Suzette

Je n'ai pas eu le temps de préparer un canard à l'orange, ou une choucroute, ou un bœuf bourguignon !

Charles

Excuse-moi, je ne te vois guère te lancer dans une telle expérience culinaire, mais des escargots et des cuisses de grenouilles, même surgelés, à passer trois minutes dans le micro-ondes, pourraient peut être faire l'affaire, cela sonnerait très français !

Suzette

Mais qu'est ce que tu vas encore chercher là !

Charles

Les touristes viennent en France pour manger des spécialités françaises, pas pour manger un poulet rôti avec des haricots verts, et en plus, sortant tout droit d'une boîte de conserves.

Suzette

C'est un poulet bio avec des haricots verts bio !

Charles

Bio ou pas bio, ce n'est guère original, tu aurais pu faire un petit effort d'imagination.

Suzette

Non pas de chichi, il faudra se contenter d'un poulet rôti avec des haricots verts, un point c'est tout !

RIDEAU

Scène 2.

Même décor, Suzette et Charles accueillent Paul un jeune homme en tenue décontractée qui entre l'air tout joyeux.

Suzette, *accueille Paul à bras ouverts.*
Enfin te voilà mon fils !

Paul, *en l'embrassant.*
Bonjour maman.

Suzette
Tu es seul ?

Paul, *étonné.*
Oui maman, pourquoi ?

Charles, *ironique.*
Ta mère est comme Jeanne D'arc elle entend des voix.

Paul
J'espère que je ne suis pas trop en retard.

Charles
Comme d'habitude, nous t'attendions avec beaucoup d'impatience, surtout ta mère.

Suzette
As-tu mangé ?

Paul
Oui maman.

Suzette
Veux-tu un café ?

Paul

Non merci, je viens juste d'en prendre un.

Charles, *parlant à lui-même.*

On ne pourra pas voir s'il lève le petit doigt pour boire son café.

Suzette

Tu n'as pas changé ! Tu es toujours le même !

Charles, *ironique.*

Oui mon gars, à ce que je vois, tu n'as ni maigri, ni grossi, c'est bon signe !

Suzette

Alors, là-bas en Australie, c'était comment. Dis-nous vite, raconte-nous ?

Paul

C'était super !

Charles

As-tu pu au moins trouver du travail facilement pour survivre.

Paul

Oui papa, sans aucun problème.

Charles

Ta mère se faisait beaucoup de souci pour toi, mais ça, tu t'en fous pas mal.

Paul

Vraiment maman, mais il ne fallait pas t'en faire pour moi.

Charles, *ironique.*
Et tu travaillais dans quoi, si je ne suis pas trop curieux ?

Paul
C'était un travail physique.

Suzette.
Tu veux dire physique, très physique ?

Paul
Oui, je me dépensais beaucoup.

Charles, *ironique.*
Tu dépensais, ou tu te dépensais.

Paul
Mais papa, les deux vont ensemble, tout travail mérite salaire, donc je gagnais de l'argent et je le dépensais. D'ailleurs, quand j'étais là-bas, je ne vous ai jamais demandé un sou. J'ai pu subvenir à mes besoins sans faire appel, ni à papa, ni à maman. Je ne vous ai lancé aucun SOS de désespoir. Je ne criais pas famine. Je vivais de mon travail.

Suzette
Alors tu avais trouvé un bon travail.

Paul
Oui, quelque chose que l'on ne peut pas faire en France.

Charles, *suspicieux.*
Tiens donc ! Ils ont des spécialités là-bas, que nous n'avons pas dans notre pays.

Suzette, *toute guillerette.*
Et tu faisais quoi, raconte-nous vite, je suis très impatiente de le savoir.

Paul

Au début j'étais chasseur de kangourous.

Suzette

Tu veux dire que tu tuais les kangourous, toi mon petit Paul.

Charles

Oui Suzette, quand on va à la chasse on tue les animaux ou si on est mauvais tireur on les blesse seulement.

Suzette

Quelle horreur ! Ces pauvres petites bêtes, avec leurs grands yeux étonnés, et leurs grandes pattes, elles sont si mignonnes que l'on a envie de les prendre dans nos bras et de les embrasser.

Paul

Oui maman, mais là-bas les kangourous sont si nombreux, ils courent partout, par milliers, et ils sautent à toute vitesse sur leurs grandes pattes arrière.

Suzette

Et toi mon fils, tu les visais comme du gibier pour les massacrer.

Paul, *en hésitant un peu.*

Pas forcément … oui et non.

Suzette

Ah ! Je respire, pauvres petites bêtes.

Paul

Les petits kangourous là-bas nous les mettons en cage avant de les expédier dans les zoos, mais les gros, bien sûr nous les abattons, nous les tirons comme des lapins, ou plutôt comme des sangliers, ou bien comme des chevreuils.

Suzette
Les tuer pour en faire quoi ?

Paul
Tout dépend, quand ils sont trop vieux, trop coriaces, de la chair à saucisses pour les animaux, et quand ils sont jeunes et bien tendres ils finissent en steaks dans les assiettes, ou bien grillés sur un barbecue accompagnés d'une bonne sauce bien épicée.

Suzette
Quelle horreur ! Pauvres petits, finir dans des assiettes. Je ne pourrais jamais le dire à mes copines qui elles sont presque toutes végétariennes, ou pire encore, véganes.

Paul
Les poulets aussi finissent dans les assiettes.

Suzette
Un poulet, ce n'est tout de même pas un petit kangourou aux yeux si langoureux.

Charles
Moi je pensais seulement que les aborigènes pouvaient manger les kangourous et personne d'autre.

Paul
Non, les chinois aussi en sont très friands.

Charles
Rien d'étonnant avec eux, ils mangent tout ce qui a des pattes, sauf les chaises et les tables parce qu'elles sont en bois, et qu'elles sont trop dures à croquer, et qu'ils se casseraient les dents dessus.

Suzette

Charles tu exagères, ne tape pas toujours sur les chinois, laisse les donc un peu en paix ces pauvres chinois.

Charles

Mon fils chasseur de kangourous, je lui ai payé 4 ans d'études à l'université pour le voir finir en chasseur de kangourous. Cela me dépasse, c'était vraiment de l'argent foutu en l'air.

Suzette

Allons Charles, ne parle pas toujours d'argent.

Charles, *s'adressant à Paul.*

Au moins, est-ce que ça nourrissait son homme, est-ce que ça payait bien ?

Paul

Je vous avoue que c'était un peu difficile au début, cela ne me rapportait pas beaucoup. Je ne vous cache pas que je vivotais un peu.

Charles

Je ne suis pas le moindre du monde surpris, car il n'y a rien d'étonnant de galérer, en essayant de gagner sa vie, en courant derrière des kangourous pour les capturer.

Paul

Alors j'ai changé de métier.

Suzette

Ah ! Enfin tu étais devenu raisonnable.

Charles

Et tu as fait quoi, après avoir chassé les kangourous ?

Paul

J'ai chassé les crocodiles.

Suzette, *étonnée.*

Oh mon dieu ! Quelle horreur ! Les crocodiles, mais c'est très dangereux un crocodile, il vous regarde avec ses gros yeux exorbitants, et il vous mord avec ses horribles grosses dents.

Charles

Plus encore ma chère, un crocodile il vous avale tout cru et d'une seule bouchée.

Paul

Il y a une technique à apprendre pour les capturer.

Suzette

Tu les attrapais vivants ?

Paul

Oui.

Suzette, *insistant.*

Tu veux dire vivants, bien vivants.

Paul

Oui maman, et ils ont une grande gueule et d'énormes crocs.

Charles

Evidemment un crocodile il croque avec ses crocs.

Paul

Mais un type de là-bas, avec qui j'avais sympathisé, a bien voulu me montrer comment fallait si prendre pour ne pas se faire mordre.

Charles

Tu veux dire pour ne pas se faire bouffer et finir dans le ventre d'un crocodile qui lui va finir en sac à main ou en chaussures de luxe.

Paul

C'est seulement un peu physique, il y a un coup à prendre, il faut avoir une certaine technique, et une bonne poigne.

Charles

Tu avais la technique et la poigne, toi, le petit français !

Suzette

Et pire encore, toi, le petit parisien !

Paul

C'est vrai que parfois au début, ça fait monter l'adrénaline, car on peut toujours y laisser une partie de notre corps dans leur gueule grande ouverte comme un immense gouffre prêt à vous engloutir vivant. Un crocodile, il ne crache pas sur de la chair fraîche.

Charles

Un fils chasseur de crocodiles, c'est la meilleure. Je n'ai qu'un fils et il finit chasseur de crocodiles, à l'autre bout du monde, dans un pays où je ne poserai probablement jamais les pieds.

Paul

Papa n'en fait pas toute une histoire car c'est un métier comme un autre.

Charles

Ce n'est pas très courant, car à mon âge, et comme tu le sais je n'ai plus 20 ans, je n'avais encore jamais rencontré un chasseur de kangourous, et pire encore, un chasseur de crocodiles.

Paul

C'est très courant à Darwin.

Suzette

Ton père a bien raison, ce n'est tout de même pas un métier commun, ni à Paris, ni en France, et ni même en Europe.

Charles, *ironique.*

Tu as donc gagné ta vie comme chasseur de gibiers exotiques. C'était suffisant. Tu pouvais en vivre.

Paul

Tu peux me croire papa, qu'en Australie dans les pubs, la bière est bien moins chère qu'à Paris. Alors je profitais de la vie. Je trinquais avec les copains.

Charles

Et en plus, maintenant, tu bois de la bière.

Paul

Non pas seulement, en Australie ils ont aussi du bon vin, surtout le blanc.

Charles

Le blanc ! Tiens donc !

Paul

Là-bas, il fait chaud, même très chaud, alors le soir on fait des barbecues en plein air, et le vin blanc on le met au frais. Le vin rouge c'est plus lourd, si on en boit trop il nous reste un peu sur l'estomac.

Charles

Moi, je préfère le rouge.

Suzette

Moi aussi je préfère le rouge car le blanc il m'empêche de dormir.

Paul

Crois-moi maman, qu'après une chasse aux crocodiles, on dort bien, tu peux me croire qu'on est crevé, et les paupières, elles se ferment toutes seules.

Charles

Donc, tu as bien gagné ta vie.

Paul

Oui, rien à dire, je vivais bien.

Charles

Et tu vis dans 12m2.

Suzette

Il vit dans un studio, comme tous les jeunes.

Charles

Tu veux me faire croire que tu as gagné de l'argent et tu ne peux même pas vivre, à ton âge, dans un deux-pièces correct, où ta mère et moi, nous pourrions au moins, passer te voir de temps en temps.

Suzette

Oui, juste pour te faire un petit coucou.

Paul

Papa, j'ai une bonne surprise à vous annoncer.

Charles

Je t'écoute mon fils, je suis prêt à avaler ta surprise, si elle n'est pas toutefois trop grosse à avaler, car avec toi, je me méfie, et je m'attends à tout.

Paul

J'ai acheté un appartement.

Charles

Une studette.

Paul

Non, pas une studette.

Suzette

Un vrai appartement ?

Charles, *ironiquement*.

Suzette, une studette, c'est un vrai appartement, seulement il est petit, tout petit, minuscule, et pour un gaillard comme lui, c'est presque un appartement de poupée.

Suzette

Combien de m2 ?

Paul

Grand comme le vôtre, un appartement de 3 pièces avec balcon.

Charles, *étonné*.

À Paris !

Paul

Oui à Paris.

Charles, *ironiquement.*
Dans le 18eme porte de la Chapelle !

Paul
Non, avenue de Suffren avec vue sur la Tour Eiffel.

Suzette, *étonnée.*
Un appartement de 3-pièces dans le 7eme arrondissement !

Paul
Non maman, dans le 15eme juste en face de chez vous.

Suzette
Mais nous sommes dans le 7eme arrondissement, dans un quartier huppé, où le prix du mètre carré est exorbitant !

Charles
Le 7eme est côté impair, le 15eme est côté pair mais le prix du mètre carré reste le même.

Suzette
Oui, tu as raison. C'est étrange mais c'est comme ça. C'est une rue dans 2 arrondissements, je suppose que c'est dû à la fantaisie d'un architecte.

Charles, *ironiquement.*
Cet appartement, il vaut combien de crocodiles ?

Paul
Plusieurs mois de durs labeurs à affronter ces féroces reptiles sans laisser dans leur gueule ni un bras, ni une jambe, ni même la tête.

Charles
As-tu signé ?

Paul

Oui.

Charles

Sans me demander mon avis.

Paul

Oui.

Charles

Tu t'es engagé comme un grand.

Paul

Oui papa.

Charles

C'est un appartement que tu vas pouvoir occuper.

Paul

Oui, mais (*hésitant)* pas tout de suite, seulement dans quelque temps.

Charles

Si je comprends bien, il est occupé, il n'est pas vide, et il sera libre dans combien de temps ?

Paul

Cela va dépendre.

Charles

Dépendre de quoi ?

Paul

De l'occupante.

Charles

Tu veux dire qu'il n'est pas libre à la vente, et que l'occupante ne veut pas partir, et qu'elle fait de la résistance !

Paul

Si l'on puisse dire.

Charles

Et toi, tu as été le pigeon, tu t'es fait avoir.

Paul

Non, je le savais avant de signer.

Charles

Tu as tout de même signé !

Paul

Oui, j'ai signé.

Charles

Devant un notaire.

Paul

Oui.

Suzette

Un vrai notaire !

Paul

Oui, un notaire avec une plaque en bas de chez lui.

Suzette

Un notaire que tu as choisi au hasard, le nez en l'air !

Paul

Non, le notaire de l'agence immobilière.

Charles

Tu es passé par une agence immobilière qui a vu venir le pigeon et qui l'a piégé.

Paul

Non, je suis entré de mon plein gré, sans que personne ne me force à pousser la porte.

Charles

Pour acheter un appartement pas libre à la vente.

Paul

J'ai comparé les prix.

Charles

Si un appartement à Paris est soldé c'est qu'il a un défaut, même un gros défaut qui est bien caché, et que tu ne peux pas voir à l'œil nu.

Paul

J'ai vu en vitrine qu'un appartement 3 pièces en *viager* n'était même pas le prix d'un studio. Alors j'ai poussé la porte et je suis entré librement, de mon plein gré.

Charles

Tu as été le pigeon, et tu t'es fait tout bonnement pigeonner.

Paul

Non, j'ai pu visiter l'appartement et il est très bien.

Charles

Mais pas libre.

Paul

L'agent immobilier était très sympathique, il m'a fait comprendre que je pouvais être propriétaire, juste avec un peu de patience, et qu'il avait justement en ce moment, une bonne affaire à me proposer.

Suzette

Un *viager* c'est quoi, car ce mot ne fait pas parti de mon vocabulaire, je ne vous suis plus, pouvez-vous m'expliquer ce que *viager* veut dire ?

Charles

Tu achètes un appartement et tu attends que le propriétaire casse sa pipe avant qu'il soit à toi. En principe il y a une tête ou quelquefois deux têtes.

Suzette

Je ne connais personne avec deux têtes, sinon je le saurais, je l'aurais lu dans les journaux, et ils en auraient parlé à la radio et même à la télé.

Charles

On dit *viager* sur une tête, ou sur deux têtes quand c'est un couple, et on attend que le propriétaire ou les propriétaires meurent.

Suzette

Mais c'est horrible !

Charles

C'est à la mode, tu en vois dans toutes les vitrines des agences immobilières, et ton fils arrivant tout droit du bout du monde, il s'est fait piéger, comme un lapin, ton chasseur de crocodiles. Il s'est fait croquer.

Suzette

Pourquoi c'est moins cher ?

Charles

En principe tu verses 10 % à l'achat et une rente à vie. En clair, tu attends la mort de l'occupant pour être l'heureux propriétaire, et disposer de l'appartement tant convoité.

Suzette

Connais-tu le propriétaire ?

Paul

Bien sûr que oui, mais je ne l'ai jamais rencontré.

Charles

Ni lors de la visite, ni lors de la signature ?

Paul

Non, la dame n'était pas là pour la visite, elle avait laissé les clés à l'agence, et pour la signature, elle avait donné une procuration au notaire. C'est tout à fait légal !

Suzette

C'est une dame ?

Paul

Oui.

Charles

Quel âge a-t-elle ?

Paul

Elle a 80 ans, et on m'a dit que c'était le bon âge, l'âge courant pour ce genre de transaction.

Suzette

L'âge de ta grand-mère maternelle 80 ans, et de ta grand-mère paternelle 82 ans, et elles n'ont pas l'air d'avoir envie de mourir, ni l'une, ni l'autre.

Charles

Oui, elles sont bien portantes, elles n'arrêtent pas de nous casser les pieds quand elles viennent dîner.

Suzette

Ne dis pas ça Charles, maman est charmante.

Charles

La mienne aussi, mais elle est bavarde, une vraie pipelette, je ne peux même pas en placer une.

Suzette

C'est normal, depuis que ton père est mort elle est seule toute la journée, elle n'a personne à qui parler, ni à un chat, ni même à un chien, alors quand elle vient chez nous, elle se défoule, ça coule de source. Il faut la comprendre et l'excuser.

Charles, *s'adressant à Paul.*

Donc tu n'as jamais vu la propriétaire, alors tu ne sais pas dans quel état de détérioration elle est !

Suzette

Mais voyons Charles tu parles de cette dame comme d'un objet.

Charles

Elle est l'instrument majeur de la vente.

Suzette

Tu la considères donc comme un objet.

Charles

Dans ce cas bien précis, sa tête est mise à prix. Elle a une valeur marchande.

Suzette

À mon avis, je ne vois qu'une solution, il faut la rencontrer pour voir dans quel état de délabrement elle est.

Charles

C'est une très bonne idée, mais pour la mettre en pratique, c'est là qu'il va falloir faire preuve d'un peu d'imagination.

Suzette, *s'adressant à Paul.*

Puisque tu connais son adresse, il faut aller la voir.

Paul

Je ne peux tout de même pas aller sonner chez elle pour lui dire, me voilà, c'est moi l'acheteur de votre appartement, je suis votre bourreau.

Suzette

Non, tu ne peux pas lui dire, madame je viens vous voir parce que j'attends votre mort, pour prendre possession de votre appartement, parce qu'actuellement, je vis dans une studette.

Charles

C'est sûr que la situation se présente mal, même très mal.

Suzette

Puisqu'elle habite le quartier, on peut la surveiller, elle doit bien sortir pour faire ses courses, même à 80 ans, il faut bien qu'elle mange, qu'elle se nourrisse, elle ne vit pas de l'air du temps.

Charles

Oui ma chère, mais son nom n'est pas écrit sur son front.

Suzette, *à Paul.*

Connais-tu son nom ?

Charles

Bien sûr qu'il connaît son nom puisqu'il a signé l'acte de vente.

Suzette

Comment s'appelle-t-elle ?

Paul

C'est Madame de la Tour.

Charles, *ironique.*

Madame de la Tour perchée dans sa tour d'ivoire.

Suzette

Il n'y a pas de tour d'ivoire dans l'avenue de Suffren sinon je le saurais.

Paul

Je ne peux tout de même pas aller sonner chez elle.

Suzette

Alors je m'en charge. Je me porte volontaire.

Paul

Mais maman, comment vas-tu faire ?

Charles

Ne t'inquiète pas pour ta mère elle va savoir si prendre !

Suzette

Oui, je suis une femme, et si je ne pouvais pas le faire, je ne serais pas une femme.

Charles
Ta mère est capable de tout pour arriver à ses fins.

Suzette, *à Paul.*
Mais toi Paul, es-tu prêt à rencontrer cette Madame de la Tour ?

Paul
Je ne sais pas, j'hésite un peu, je me sens un peu criminel, car c'est très délicat d'avoir sur la conscience l'attente d'une mort, pour son propre profit, même si c'est une mort non programmée, ou plus précisément programmée à long terme.

Charles
C'est sûr, que tu peux avoir une bonne surprise, comme une mauvaise. Et oui, c'est le *viager* ! On est chanceux ou on ne l'est pas !

Suzette
C'est comme au loto, tu tires le bon ou le mauvais numéro.

Charles
Mais malheureusement, c'est plus souvent le mauvais numéro.

Suzette, *à Paul.*
Quelle idée tu as eu de mettre toutes tes économies entre les mains d'une vieille dame dont tu ne connais même pas son état de santé, tu ne sais même pas si elle est bien portante ou non !

Paul
Je pensais faire une bonne affaire.

Charles

Pauvre imbécile ! Avant de te précipiter dans un tel projet tu aurais mieux fait de m'en parler. Tu sais bien que je suis toujours là pour t'aider, et pour bien te conseiller, mais tu n'as pas voulu me faire confiance. Tu t'es lancé dans cette périlleuse aventure financière, tout seul, comme un grand.

Suzette

Charles tu peux me croire, notre fils va connaître cette Madame de la Tour, j'en fais mon affaire, et je m'y attaque de suite.

Paul, *à sa mère en l'embrassant.*

Merci maman. Tu es un ange ! Je t'adore !

Suzette

Crois-moi mon fils, que je pars ce jour même, avec mon bâton de pèlerin !

Charles

Ta mère quand elle agite sa baguette magique, c'est une vraie sorcière, elle fait des miracles.

Paul

Alors vive les miracles !

RIDEAU

ACTE II

Même décor : Charles en tenue classique fait les cent pas, Paul en tenue décontractée est assis sur le canapé, Suzette en tenue élégante entre avec un seau à champagne et des verres qu'elle pose sur une petite table.

Scène 1

Suzette
Voilà, tout est prêt pour recevoir notre hôte.

Charles
Tu as prévu 2 bouteilles de Champagne. Mais avec tout ce Champagne nous allons être pompettes, nous allons chanter la Marseillaise !

Suzette
Non, une bouteille de Champagne si c'est une réussite et une bouteille d'eau plate si c'est un désastre !

Paul
Tu as invité Madame de la Tour à boire le Champagne ?

Suzette
Non Paul, on n'invite pas quelqu'un que l'on ne connaît pas à venir prendre le Champagne. Ça ne se fait pas, ça ne fait pas très sérieux.

Charles
Et comment as-tu fait pour la convaincre de venir boire un verre avec son bourreau.

Suzette
Je lui ai tout simplement dit que je faisais partie d'un club de dégustation culinaire.

Charles

Pour déguster quoi ? Toi qui ne sais même pas faire cuire correctement un œuf à la coque.

Suzette

Une galette des rois à la frangipane.

Paul

Tu as fait une galette des rois, toi, maman !

Suzette

J'ai acheté une galette des rois, sans inviter Madame de la Tour dans ma cuisine pour qu'elle voie comment je m'y prenais pour pétrir la pâte, ou pour étaler au beau milieu la frangipane.

Charles

Elle habite le quartier, et elle a probablement le même pâtissier que toi.

Suzette

D'accord, mais j'ai enlevé l'emballage et j'ai fait réchauffer la galette au four pour répandre la bonne odeur dans toute la pièce, et la vieille dame, elle n'y verra que du feu.

Paul

Elle a accepté sans aucune hésitation ?

Suzette

On ne résiste pas à la galette des rois, et je n'ai pas oublié d'y mettre la fève, une très grosse fève, pour qu'elle s'étouffe, pour qu'elle casse sa pipe.

Charles, *ironique.*

Les dames ne fument pas la pipe.

Paul, *en embrassant Suzette.*
Maman tu es super géniale !

Charles
Ta mère adore le téléphone, elle peut passer des heures avec l'écouteur sur les oreilles.

Suzette
Oui mon cher, avec cette dame, j'ai été charmante au téléphone, et mon charme a payé, elle va arriver d'un instant à l'autre.

Charles
Rien d'étonnant, avec un tel bagou !

Paul, *en applaudissant.*
Bravo maman, merci beaucoup, je t'adore !

Scène 2

On sonne à la porte, Suzette va ouvrir. Madame de la Tour entre, elle est extravagante, vêtue de couleurs vives, et elle n'a pas l'air d'une vieille dame de 80 ans.

Suzette, *étonnée en bégayant un peu.*
Madame de la Tour ?

Madame de la Tour, *toute joyeuse.*
Oui je suis bien Madame de la Tour. Je viens pour la dégustation, et je ne vous cache pas que votre invitation m'a bien fait plaisir car je suis très gourmande.

Suzette
Entrez je vous prie.

Madame de la Tour, *les yeux pétillants.*
Quelle bonne odeur chez vous, je sens que je vais me régaler.

Suzette
Je vous présente Charles mon mari, et Paul mon fils.

Charles, *serrant la main de Madame de la Tour.*
Bonjour Madame, bienvenue chez nous.

Paul, *serrant la main de Madame de la Tour.*
Enchanté Madame de faire votre connaissance.

Madame de la Tour
Tout le plaisir est pour moi. J'adore rencontrer des gens nouveaux. Je suis très sociable, et très bavarde.

Suzette
Vous avez l'air en pleine forme.

Madame de la Tour
Je suis pleine de vie, je pète le feu.

Charles
Quelle est donc votre recette pour rester en super forme, en super lady.

Madame de la Tour, *en posant son foulard sur le canapé*.
C'est une longue histoire.

Paul
Nous adorons partager les longues histoires surtout lorsqu'elles sont intéressantes, et racontées avec plein d'humour.

Madame de la Tour
Oh oui jeune homme, vous allez voir que c'est une histoire très originale.

Paul
Vous avez un regard si pétillant alors je sens que le récit va être très croustillant.

Madame de la Tour
Figurez-vous que j'ai fait une très bonne affaire, et elle me donne des ailes. Je me sens légère comme une plume, et je vais m'envoler à l'autre bout du monde.

Suzette
Vraiment !

Madame de la Tour
Oui, à cause de ma nièce qui est charmante et que j'adore.

Charles
Vous n'avez pas d'enfants ?

Madame de la Tour, en *ricanant*
Non malheureusement, je n'ai qu'une nièce qui a 20 ans, et toutes ses dents.

Charles, *ironique.*
A 20 ans en principe on a toutes ses dents, mais c'est bien connu que nous les perdons en vieillissant.

Paul
Une nièce charmante, cela a été suffisant pour vous donner des ailes ?

Madame de la Tour
Figurez-vous qu'elle veut prendre une année sabbatique pour parcourir le monde avant de retourner étudier à l'université.

Suzette
Cela arrive avec les jeunes, ils ont comme des fourmis dans les pattes.

Charles, *soupirant et en regardant Paul.*
Et ils abandonnent leurs vieux sans aucun scrupule. J'en sais quelque chose, croyez moi.

Madame de la Tour
Mais l'inconvénient vient de ses parents, ma sœur et mon beau-frère qui sont très radins, ils ne veulent pas l'aider financièrement parce qu'ils appellent ça une tocade de jeunesse.

Charles
Je les comprends, et ils ont bien raison.

Madame de la Tour
Pas moi. Alors j'ai décidé de l'aider, et de partir avec elle. De joie, ma nièce m'a sauté au cou pour me faire la bise.

Charles

C'est sûr que les jeunes quand on leur donne de l'argent ils nous embrassent à bras ouverts.

Madame de la Tour

Le problème, c'était mon compte en banque, il était un peu faiblard. Il fallait que je lui donne un petit coup de pouce.

Charles

Hélas ! Ça arrive parfois !

Madame de la Tour

Je suis passée devant une agence immobilière, et j'ai vu *viager*.

Charles, *ironique.*

Vous aussi, et je suppose que vous êtes entrée sans vous faire prier.

Madame de la Tour

Oui, j'ai poussé la porte.

Suzette

Et vous avez été bien accueillie.

Madame de la Tour

Oh oui Madame ! Ils m'ont accueillie à bras ouverts, car pour eux, j'étais la candidate parfaite, j'avais en poche le bon CV, l'âge requis, alors je rentrais dans la bonne case pour ce genre de transaction. Pour eux, j'avais l'âge idéal. C'était parfait.

Paul

Et quel âge avez-vous?

Suzette

Mais voyons Paul, on ne demande jamais l'âge à une dame. Ça ne se fait pas. Ce n'est pas correct.

Madame de la Tour

Il est si jeune, je vais lui paraître très vieille avec mes 80 balais.

Charles

C'est vrai que vous ne les faites pas.

Suzette

Je vous en donnais 10 ou même 20 de moins.

Madame de la Tour

Tout le monde me le dit, même ma nièce.

Charles

Et à votre âge, vous avez donc décidé de vendre votre appartement en *viager* ?

Madame de la Tour

Oui, pour profiter de la vie, pour parcourir le monde avec ma jeune nièce.

Suzette

Et vous avez trouvé de suite un pigeon pour acheter votre appartement.

Madame de la Tour

Oui, c'était facile, même très facile, un jeu d'enfants.

Charles

Connaissez-vous l'acheteur ?

Madame de la Tour

Non, je n'ai jamais voulu le rencontrer. Mais je sais que c'est un jeune homme, un peu comme votre fils, et en plus, il s'appelle Paul. Quelle coïncidence !

Charles

Oui, si on veut, on peut appeler ça une coïncidence.

Madame de la Tour

Je n'ai pas voulu voir mon bourreau. Vous imaginez, attendre la mort de quelqu'un, cela doit être terrible. Le pauvre jeune homme doit prier chaque jour pour qu'une bonne nouvelle arrive dans sa boîte aux lettres, et la bonne nouvelle, c'est ma mort !

Suzette

C'est sûr qu'il ne veut pas vous voir devenir centenaire.

Madame de la Tour

Et pourtant, s'il savait que mon père est mort à 92 ans, et ma mère 10 ans après.

Paul

Vous voulez dire que votre mère est morte à 102 ans ?

Charles, *ironique.*

Oui mon fils, $92 + 10 = 102$, pas besoin d'être mathématicien.

Suzette, *en gonflant ses joues.*

102 ans !

Madame de la Tour

S'il savait aussi que j'ai été voir une cartomancienne avant de signer, il n'en dormirait plus la nuit.

Suzette
Pourquoi une cartomancienne ?

Madame de la Tour
Mais pour connaître mon avenir.

Suzette
Et que vous a-t-elle dit ?

Madame de la Tour
Avez-vous déjà consulté une voyante ?

Suzette
Oui, comme tout le monde, par curiosité.

Madame de la Tour
Alors vous savez comment ça se passe, elles vous font une réussite, vous battez les cartes, vous en choisissez plusieurs de votre main gauche, le côté du cœur, elles prennent un air pensif, elles semblent très concentrées à la lecture des cartes, et elles lâchent vos prédictions sur un ton très mystérieux.

Suzette
Que vous a-t-elle dit ?

Madame de la Tour
Que j'aurai une très longue vie.

Charles, *ironique*.
Bien sûr, elle ne vous a pas prédit à quel âge vous allez rendre l'âme.

Madame de la Tour, *ignorant Charles*.
Elle m'a demandé ma main gauche, c'est toujours à gauche, côté cœur, elle a pris sa loupe, elle a bien regardé les lignes de ma main.

Suzette

Et alors ?

Madame de la Tour

Elle m'a confirmé qu'elle me voyait une longue, très longue vie, même plus longue que celle de mes parents.

Paul

Plus de 102 ans !

Madame de la Tour

Elle n'a pas donné de chiffre.

Charles, *en ricanant.*

Elle n'a pas voulu se mouiller. Si les diseuses de bonne aventure prévoyaient tout, elles nous auraient prédit cet horrible virus, cette monstrueuse *Covid-19*, cette pandémie, et cela n'a pas été le cas, on a eu pour des mois à rester confinés chez nous.

Madame de la Tour, *tendant sa main gauche à Charles.*

Regardez bien cette ligne de ma main, elle est très longue.

Charles, *refusant.*

Non merci, je ne suis pas un diseur de bonne aventure.

Madame de la Tour

Pour confirmer ma longue vie, j'ai été en voir une autre, et elle m'a dit exactement la même chose. Aussitôt j'ai foncé dans l'agence immobilière, et j'ai pris le bouquet.

Suzette

Ils vous ont offert un bouquet ?

Madame de la Tour

Oui.

Suzette

Un bouquet d'orchidées aux fleurs si délicates, ou de roses aux pétales si doux, ou bien de jacinthes au parfum si odorant !

Charles

Mais non Suzette, le bouquet c'est une somme d'argent qui est suivie d'une rente à vie payée par l'acheteur, payée par Paul.

Madame de la Tour

Oui, par ce jeune Paul. Mais vous savez qu'il peut même mourir avant moi, et je récupèrerais tout, et je pourrais recommencer. Et hop ! Je serais l'heureuse gagnante, et lui le perdant !

Suzette

À 30 ans, mourir avant vous, cela me semble un peu difficile, n'oubliez pas que vous en avez quand même 80.

Madame de la Tour

Oh non ! Ne le croyez pas ! Les jeunes sur leurs trottinettes électriques, ils peuvent vous renverser, et vous laisser raide morte sur le carreau, mais ils peuvent aussi déraper, et finir entre quatre planches en chêne massif.

Charles

En chêne massif c'est moins sûr, mais entre quatre planches cela peut toujours arriver si la trottinette s'emballe et qu'un chauffeur de camion ne vous voie pas dans l'angle mort de son rétroviseur.

Madame de la Tour

Oui, bien des fois, les jeunes, ils sont sans casque, et ils roulent comme des fous, et hop, ça glisse, et ils finissent dans le caniveau, raides, morts.

Suzette
Le *viager*, c'est comme au loto, on gagne ou on perd, il faut aimer jouer.

Madame de la Tour
En attendant ce qui est sûr, c'est que je pars avec ma nièce.

Charles, *ironique.*
Faire un tour du monde.

Madame de la Tour
Ma petite nièce, elle est fantastique, elle est pleine de bonnes idées, elle m'a dit que nous commencerions en avion, et que nous finirions sur un bateau de croisière.

Suzette
Sur ces énormes paquebots, les buffets sont immenses, parait-il ?

Madame de la Tour
Oui, mais n'ayez crainte, je ne vais pas me goinfrer car je vais garder un œil sur mon taux de cholestérol, sur mon diabète, et bien sûr, je veux aussi garder ma taille de guêpe.

Charles
C'est vrai que vous n'êtes pas très grosse.

Madame de la Tour
Ma nièce m'a dit, tata, parce qu'elle m'appelle tata, je préférerais qu'elle m'appelle par mon prénom, car tata, cela me vieillit un peu, mais elle m'a toujours appelée tata, c'est comme ça, alors j'accepte, et la pilule passe bien.

Paul
Commencer ou finir par une croisière, je ne vois pas l'intérêt puisque vous partez pour un an.

Madame de la Tour

Ma nièce est pleine de bon sens, elle m'a ouvert les yeux. Elle m'a fait comprendre que sur ces immenses paquebots de rêve, il y aurait probablement un cœur à prendre.

Suzette

Le vôtre ?

Madame de la Tour

Oui, le mien.

Suzette

Vous voulez faire une rencontre ?

Madame de la Tour

Oui, maintenant que je suis riche, je veux profiter de la vie.

Charles

Profiter de la vie grâce au petit Paul.

Madame de la Tour

Comme m'a dit ma nièce, tu pourrais rencontrer l'âme sœur sur Internet, mais sur Internet, il y a plein de pervers, on peut tout dire sur Internet, il suffit de cliquer, et Internet, il avale tout, le vrai, comme le faux.

Suzette

Oui je suis bien d'accord avec vous, c'est vrai que sur Internet on peut facilement se faire avoir, même en prenant des précautions.

Madame de la Tour

Alors qu'en croisière, on peut choisir, avec des milliers de passagers qui sont là pour avoir du bon temps, il y aura sûrement un célibataire, un veuf, ou un divorcé à la recherche d'une âme sœur. Et hop ! C'est dans le sac !

Paul
À votre âge vous comptez encore refaire votre vie ?

Madame de la Tour
Et pourquoi pas, j'y compte bien, et je ne choisirai pas un veuf car les veufs sont en principe vieux, alors je veux un plus jeune que moi, je veux un homme viril, sans un gros ventre, sans un crâne chauve, et sans un problème de prostate.

Suzette
Vous pensez encore à la chose ?

Madame de la Tour
Mais oui ma chère, nous les femmes, nous n'avons pas de problème de prostate, la libido elle fonctionne toujours.

Charles, *ironique*.
Vous avez des cancers du sein.

Madame de la Tour
C'est aux alentours de la ménopause, mais plus à 80 ans, c'est trop tard pour le cancer mais pas pour satisfaire sa libido.

Suzette
Vous pensez encore au sexe !

Madame de la Tour
Bien sûr que oui, et je compte bien que sur ce bateau, je pourrai refaire ma vie avec un plus jeune que moi, et qui ne sera pas fauché. Je ne veux pas d'un gigolo. Je veux de l'amour et de la tendresse jusqu'à la fin de ma vie, jusqu'à 102, ou 112 ans, ou plus encore, qui sait, avec une ligne de main comme j'ai, tout est permis, il faut y croire, et j'y crois !

Suzette

Pauvre Paul !

Madame de la Tour

Je ne pense pas à lui, je ne connais pas, et je ne veux pas le connaître. Je suis sans pitié. Je suis une égoïste qui veut croquer la vie à pleines dents. C'est mon droit. Je ne suis pas un escroc. Je suis une femme honnête, et moderne, je vis avec mon temps.

Charles

Oui, il n'y a rien de malhonnête, le *viager*, actuellement, c'est même à la dernière mode. Il y en a dans toutes les vitrines des agences immobilières.

Madame de la Tour

N'est-ce pas !

Suzette, *ironiquement*.

Et la libido marche toujours ?

Madame de la Tour

Oh oui ! Mais je suis seule dans mon lit, vous ne pouvez pas me comprendre, vous qui avez un beau mari, l'air sportif, sans double menton, sans un ventre qui ressemble à ballon de football, et un front non dégarni avec des beaux cheveux gris poivre et sel, Madame vous êtes gâtée, moi pas. Je rêve encore au prince charmant même à 80 ans avec une libido encore active.

Suzette

Ma chère vous vous trompez, après plus de 30 ans de vie commune, ce n'est plus une partie de jambes en l'air tous les soirs, il faut attendre la pleine lune, et elle ne brille pas forcément tous les mois.

Charles

Suzette, je t'en prie, c'est notre vie intime, et cela ne regarde ni Madame, ni notre fils.

Suzette

Excuse-moi mon cher, je ne voulais pas te blesser.

Madame de la Tour

Le principal, c'est que votre mari n'aille pas batifoler dans les bras d'une petite jeunette.

Suzette

Je l'espère bien, mais on ne sait jamais.

Madame de la Tour

Il faut le mettre à l'épreuve quand il rentre.

Suzette, *en ricanant.*

Quand il rentre, il me demande toujours la même chose, mais qu'est-ce qu'on mange ce soir ?

Madame de la Tour

Sans rouge à lèvres sur le col de sa chemise.

Suzette

Je ne vérifie pas avec mes lunettes sur le nez.

Madame de la Tour

C'est un bel homme, et si j'étais à votre place, je me méfierais du chat qui dort.

Charles

Madame, il n'y a pas de chat qui dort ici.

Madame de la Tour

Oh, excusez-moi Monsieur, je ne voulais pas vous offenser.

Charles

Vous ne m'offensez pas, mais vous êtes très indiscrète, et en plus devant mon fils.

Paul

Papa, je ne suis plus un enfant.

Charles

Si toi aussi tu t'en mêles, nous sommes mal partis !

Madame de la Tour, *en coupant court.*

Alors cette dégustation, je suis là pour ça, je crois bien !

Suzette, *hésitante, et un peu embarrassée.*

Il n'y plus de dégustation, je n'ai pas eu le temps de vous prévenir mais quand j'étais au téléphone la galette a brûlé.

Charles

Quand ma femme est au téléphone, c'est pour une éternité. C'est une vraie pipelette.

Madame de la Tour

De faire partie d'un club de cuisine, je comprends très bien qu'elle doit partager beaucoup de recettes au téléphone avec tous les petits détails qui font toute la différence pour les palais délicats, bien que, je ne sois pas une connaisseuse, ni un gourmet, mais je suis une gourmande.

Suzette

Oui, j'ai complètement oublié la galette qui était dans le four.

Charles, *ironique.*

Et elle n'a même pas senti l'odeur de brûlé.

Suzette

Et oui, j'ai le regret de vous dire que la galette a fini dans la poubelle.

Madame de la Tour

Quel dommage !

Suzette

Je suis vraiment navrée, et je m'en excuse.

Madame de la Tour

Ne vous inquiétez pas, je reste candidate pour une autre fois, que ce soit pour une galette ou pour des crêpes, j'adore les crêpes Suzette qu'elles soient au rhum ou au cognac, alors pensez à moi, et je serai là !

Charles, *ironique.*

Oui, si elle fait brûler la première crêpe, il y aura au moins les suivantes. On ne peut tout de même pas faire brûler une douzaine de crêpes les unes derrière les autres, ce serait vraiment un exploit !

Madame de la Tour, *en plaisantant.*

Mais monsieur, si les crêpes sont flambées, on peut toujours avoir la main trop lourde sur le rhum ou sur le cognac et faire brûler la baraque!

Charles

Je vois ma chère que vous avez le sens de l'humour.

Madame de la Tour

Il vaut mieux en rire que d'en pleurer, il n'y a pas mort d'homme. Ce n'est qu'une partie remise.

Suzette

C'était ma première expérience, et ce n'est pas une réussite, alors je ne pense pas que dans l'immédiat je vais pouvoir me lancer dans des crêpes Suzette.

Madame de la Tour

Il ne faut jamais dire, fontaine je ne boirai pas de ton eau.

Charles

Ma femme n'a jamais été très attirée par les exploits culinaires, c'était bien la première fois qu'elle se lançait dans cette aventure périlleuse, et ce n'est pas une réussite alors je ne pense pas qu'elle va renouveler l'expérience d'aussitôt.

Paul

Moi aussi, je crois bien qu'il faut faire une croix dessus.

Madame de la Tour

Ne vous inquiétez pas pour moi. J'ai tellement de choses à faire pour organiser mon départ, ce grand saut vers l'inconnu, vers le grand large, vers l'aventure !

Charles

À votre âge partir faire un tour du monde en 365 jours, c'est vrai que ce n'est pas rien, et cela doit bien occuper vos journées à plein temps.

Madame de la Tour

Oh oui ! J'ai tant à faire.

Suzette

Comme je vous comprends. Je n'ai jamais eu à organiser un tel voyage.

Madame de la Tour

Je n'organise rien, ma nièce planifie tout sur son ordinateur, et nous n'aurons plus qu'à suivre notre maître d'un coup de clic. C'est le progrès, maintenant tout est digital.

Suzette

Mais alors, tout est prêt, vous n'avez rien à faire.

Madame de la Tour

Oh si ma belle ! Je dois faire ma valise, je dirais même mes valises.

Suzette, *toute étonnée.*

Vos valises !

Madame de la Tour

Je dois refaire toute ma garde-robe car on n'attrape pas les mouches avec du vinaigre.

Charles, *ironique.*

Tout ça avec le bouquet de Paul.

Madame de la Tour, *en plaisantant.*

Oui grâce au bouquet de ce jeune homme, et de la rente qu'il va me payer chaque fin de mois. Je vais donc pouvoir m'acheter un nouveau maillot de bain, avec un paréo assorti, pour camoufler un peu les formes disgracieuses de mon corps vieillissant, car j'espère bien partager la piscine avec un beau prince charmant, et ne pas le décevoir. Une robe de cocktail pour les apéros, et bien sûr une robe longue pour la soirée du commandant, et là, je pourrai ainsi juger la classe de mon prince charmant, oui du nouvel élu de mon cœur.

Charles, *ironiquement.*

Quel programme !

Madame de la Tour

Je ne veux pas le décevoir mais je ne veux pas non plus être déçue au retour, car ce sera bien fini les cocotiers et le soleil sous les tropiques, il me faudra à nouveau me réhabituer à la grisaille, sans trompette ni tambour, avec une âme sœur que j'aurai choisi dans un décor idyllique, au son tous les soirs, d'un orchestre endiablé, avec un verre de Champagne à la main.

Suzette

Quel beau programme ! J'en ai l'eau à la bouche.

Charles

Pour capturer sa proie il faut bien y mettre le paquet !

Madame de la Tour

Mais Monsieur, il faut vivre avec son temps. C'est bien fini le temps où c'était ces messieurs qui prenaient des jeunes femmes comme épouses, maintenant tout change, il suffit de prendre modèle sur notre président, sa femme pourrait être sa mère, et pourtant c'est un couple qui dure, qui résiste aux tempêtes de la vie, donc je vais suivre sa voie, et je vais en prendre un de 10 ou de 20 ou pourquoi pas de 30 ans moins que moi.

Charles

Si vous permettez Madame, je ne crois pas qu'à votre âge vous allez pouvoir finir femme de président. D'ailleurs notre président n'a pas rencontré sa femme sur un bateau de croisière, du moins, à ma connaissance.

Madame de la Tour

Je ne prétends pas Monsieur vouloir finir femme de président, mais c'est bien connu que les hommes meurent avant les femmes, alors si nous ne voulons pas être veuves, nous les femmes, nous devons en prendre un plus jeune que nous. C'est logique. Ça coule de source !

Suzette
D'un côté, vous avez bien raison.

Charles
Je t'en prie Suzette.

Suzette, *à Charles*.
Même si cela ne te plait pas, d'après les statistiques, ce que dit Madame c'est la vérité.

Madame de la Tour
Je ne vois pas pourquoi je vous raconte ma vie, mais je suis tellement heureuse que pour moi c'est un grand plaisir de partager ma joie avec vous qui êtes si sympathiques.

Suzette
Et vous allez vivre cette grande aventure, grâce au bouquet de ce pauvre petit Paul.

Madame de la Tour
Ne vous inquiétez donc pas pour lui, il est jeune, et il a toute la vie devant lui.

Charles, *ironique*.
Vous aussi, au dire de vos cartomanciennes vous avez encore 20 ou 30 ans devant vous.

Madame de la Tour, *se dirigeant vers la porte de sortie en oubliant son foulard sur le canapé.*
En espérant que l'arthrose ne me cloue pas dans mon lit. La vie est belle à qui sait cueillir le bouquet, et sauter dans le premier avion qui passe se dirigeant tout droit vers le soleil. Et hop ! J'en profite, et je fonce.

Suzette
Encore toutes mes excuses.

Madame de la Tour, *en voyant le seau à Champagne.*
Mais je vois que vous aviez préparé le Champagne.

Suzette, *embarrassée.*
Non, ce n'est qu'une bouteille de cidre, mais malheureusement, comme la galette a brûlé ce n'est plus d'actualité.

Charles, *venant à son secours.*
Pour être bu, le cidre attendra donc une autre occasion.

Madame de la Tour
Sans mes lunettes sur le nez, j'avais cru voir une bouteille de Champagne.

Suzette, *en ouvrant la porte.*
Oh non, ce n'est là qu'un vulgaire cidre doux.

Madame de la Tour
Mais quand il est bien frais, un petit cidre doux, ce n'est pas mauvais non plus.

Suzette
Ce ne sera pas pour aujourd'hui, pas de galette, pas de cidre.

Paul
Au revoir Madame et bon voyage!

Suzette
À vos amours ma chère !

Charles, *ironiquement*.

Mais surtout ne ratez pas la marche ! Sinon Paul sera le gagnant, et vous la perdante !

RIDEAU

ACTE III

Même décor. Charles, Paul et Suzette debout au centre de la scène.

Scène 1

Suzette

Cette Madame de la Tour, mais c'est incroyable, elle pète le feu !

Charles

Oui, tu peux le dire !

Suzette

C'est vrai, qu'elle ne fait pas son âge.

Charles

Elle est bien conservée !

Suzette

Elle ne va pas casser sa pipe de si tôt !

Paul

Il ne faut pas t'inquiéter maman, si elle rate la marche, elle finira dans le caniveau, raide morte la vieille !

Charles

Et toi mon fils, tu seras l'heureux gagnant.

Suzette

Partir faire le tour du monde en 365 jours, je n'en reviens pas, mais quelle énergie à 80 ans !

Charles, *s'adressant à Suzette.*

Ne t'inquiète pas ma chère, elle peut glisser sur une peau de banane, et crois-moi qu'il y en a, et même à chaque coin de rue.

Paul

Ou bien sa nièce peut tomber amoureuse du premier venu, et vouloir partir avec le nouvel élu de son cœur, et non avec sa vieille tante même si elle est encore bien conservée avec les poches bien remplies.

Charles, *à Paul ironiquement.*

Là, c'est la jeunesse qui parle !

Suzette

Quand je pense, qu'elle pense encore au sexe.

Charles

Quelle vieille bique !

Paul, *en ricanant.*

C'est vrai qu'elle n'a pas été tendre avec les vieux !

Suzette

D'un côté, elle a bien raison, pourquoi choisirait-elle un vieux bedonnant plutôt qu'un jeune, plus jeune qu'elle, sans problème de prostate, et en pleine forme !

Charles

Heureusement que tous les vieux ne sont pas bedonnants, ni qu'ils n'ont pas tous des problèmes de prostate. Dieu merci !

Suzette

Pauvre Paul, il n'est pas prêt de récupérer son logement.

Paul

Je peux patienter encore quelques années, je ne suis pas particulièrement pressé.

Charles

Tu vas rester dans ta studette, ou bien tu vas faire appel à papa et à maman pour qu'ils mettent la main au portefeuille.

Paul

Non papa.

Suzette

Ton père va avoir bien du mal à te trouver un bon poste parmi ses relations avec un CV indiquant comme références chasseur de crocodiles en Australie. C'est très original, mais je ne pense pas que cela va mordre à l'hameçon.

Charles, *à Paul*.

Oui, il va bien falloir trouver autre chose pour présenter un CV correct, approprié au monde du travail, afin de pouvoir te caser dans une de ces hautes tours de la Défense, car là-bas, ils ne recherchent pas des chasseurs de kangourous, de crocodiles, de Koalas, ou de je ne sais quoi, ils veulent des jeunes qui ont de la poigne, pour attraper les crocodiles, mais ceux du monde des affaires, affamés par l'argent, par les gros sous. Maintenant c'est ça la réalité. Il faut être productif, et ramener de l'argent pas de la chair à saucisse, faite de crocodile.

Paul

Ne vous inquiétez pas pour moi car j'ai une bonne nouvelle à vous annoncer.

Suzette

Tu as gagné au loto ?

Paul

Non, car je ne joue pas aux jeux d'argent.

Charles

Que vas-tu encore nous annoncer de beau !

Suzette

Pas un nouveau voyage j'espère bien !

Charles

Avec lui, il faut s'attendre à tout !

Suzette

Tu ne vas tout de même pas retourner en Australie, pour cette fois-ci, aller chasser les Koalas ?

Charles

Un chasseur de Koalas, pourquoi pas, là-bas, cela doit peut-être encore exister.

Paul

Non papa, on ne chasse pas les koalas, ils vivent tranquillement dans les arbres, et ils mâchonnent toute la journée des feuilles d'eucalyptus.

Suzette

Heureusement qu'ils se perchent haut, à l'abri des prédateurs, ils sont si mignons ces petits koalas avec leur petite tronche adorable, on dirait des gros nounours, presque des jouets pour enfants.

Charles

Mignons, je ne sais pas, je n'en ai encore jamais vus, à part dans les livres, ou en photos.

Suzette

On a vraiment envie de les prendre dans nos bras de les caresser et de les embrasser.

Charles, *ironique en ricanant.*

Et pourquoi pas de les croquer !

Paul

Non, on ne les croque pas, ce sont des marsupiaux, en voie de disparition et ils sont protégés.

Charles, *ironiquement.*

Et là-bas, tu vas aller chasser quoi, si tu ne chasses pas les marsupiaux ?

Paul

Mais je ne vais pas en Australie.

Suzette

Oh ! Tant mieux, je suis soulagée car c'est si loin, 26 heures d'avion, ce n'est pas pour nous, ton père et moi nous avons déjà bien du mal à dépasser la frontière française, alors passer l'équateur, c'est beaucoup trop loin pour nous.

Charles

Et tu pars où, chasser quoi ?

Paul, *hésitant.*

Je vais en Nouvelle-Zélande.

Suzette

En Nouvelle-Zélande, mais c'est encore plus loin !

Charles

Ton fils aime passer l'équateur, et vivre deux fois la même journée ! Après avoir franchi l'équateur, on peut lever les bras au ciel, et crier, ça y est j'ai passé l'équateur, je vais remettre sa montre à l'heure, et je vais vivre deux fois la même journée.

Suzette

C'est très original, ça n'arrive pas à tout le monde.

Charles

Ton fils n'est pas Monsieur Tout le Monde.

Suzette

Oui, c'est le moins que l'on puisse dire, malgré qu'il soit né à terme, à neuf mois, bien précis.

Charles

Même s'il était né à huit mois, cela n'aurait rien changé, c'est sa nature de vagabonder. Nous avons pondu un globe-trotter.

Suzette

Paul, là-bas, tout là-bas, il n'y a ni crocodile, ni kangourou !

Paul

Non, mais il y a des moutons.

Suzette

Tu vas chasser les moutons?

Charles, *en ricanant.*

Non, il va garder les moutons.

Paul

En Nouvelle-Zélande, il n'y a environ que 5 millions d'habitants, mais plus de 8 millions de moutons.

74

Charles, *ironiquement.*

Merci pour ton cours de géographie. Je n'ai peut être pas fait comme toi le tour du monde mais je sais tout de même où se trouve la Nouvelle-Zélande sur la carte.

Paul

Excuse-moi papa, c'était juste une petite précision.

Charles, *ironiquement.*

Je sais que 8 millions de moutons, cela représente beaucoup de moutons à faire paître dans la campagne verdoyante de la Nouvelle-Zélande.

Paul

Papa, je ne vais pas garder les moutons.

Suzette

Tu vas compter les moutons ?

Charles, *ironique.*

Je suppose qu'il ne va tout de même pas là-bas pour compter les moutons pour pouvoir s'endormir.

Suzette

Tu vas les manger ?

Charles, *en ricanant.*

Il s'est peut être découvert des talents de chef cuisinier, et il va tout bonnement se lancer dans le gigot de mouton aux flageolets. C'est un plat très français, et qui devrait bien marcher là-bas. Il fera fortune, et il reviendra riche comme Crésus.

Paul

Non je ne vais pas tuer, ni manger, ni garder les moutons, mais je vais les tondre.

Charles
Toi, en bon parisien, tu sais tondre les moutons ?

Suzette
Quand il n'y en a même pas à Paris, et ni même au zoo de Vincennes.

Paul
J'apprendrai, comme j'ai appris à chasser les kangourous et les crocodiles, de tondre un mouton, il faut juste avoir un bon coup de main, et cela ne doit pas être sorcier !

Charles, *ironique*.
C'est tout de même un peu moins dangereux, tu prendras un peu moins de risques !

Suzette
C'est peut-être moins dangereux, mais c'est encore plus loin de chez nous que d'aller en Australie.

Paul
Un pays avec 8 millions de moutons à tondre, ça nourrit son homme.

Charles
Et tu vas t'enrichir.

Paul
Papa, toi qui sais si bien compter, avec 8 millions de moutons, en une saison, je vais devenir millionnaire.

Suzette

Et alors, tu pourras revenir, et acheter un appartement en face de chez nous, mais cette fois-ci, pas un *viager*.

Charles, *ironique*.

Il ne faut pas rêver, ton gringalet, il va arriver dans ce pays avec les mains dans les poches, en disant, c'est moi le petit parisien, poussez vous de là, laissez-moi la place, je viens tondre les moutons. Bé é é.

Paul

Non papa, je sais bien que je ne vais pas tondre 8 millions de moutons, mais suffisamment pour me remplir les poches.

Suzette

Notre fils est un génie ! J'aime mieux le voir tondre les moutons car un mouton c'est doux, même très doux, alors qu'un crocodile, c'est féroce avec d'énormes crocs et une grande gueule prête à vous avaler tout cru. Je ne veux pas voir mon petit Paul finir dans le ventre d'un gros crocodile.

Charles, *ironiquement*.

Tu as bien raison ma chère, on ne pourrait même pas le mettre dans un cercueil en chêne, ou pas en chêne, car il finirait en chair à saucisses dans les tripes d'un énorme reptile.

Paul

Je vous en prie, ne vous faites pas de souci pour moi, tout se passera bien, et je reviendrai en pleine forme avec les poches bien remplies.

Charles

C'est toi qui le dis !

Suzette

Paul je te fais confiance, je ne veux plus te voir coincé entre 4 murs dans une studette, grande comme un mouchoir de poche.

Paul
Au fait maman, la galette a-t-elle vraiment brûlé ?

Suzette
Bien sûr que non, mais je n'ai pas voulu la partager avec cette vieille sorcière.

Paul
J'ai bien aimé le coup du cidre. Tu as été super ! Bravo maman !

Charles
Ta mère est une magicienne, quand l'occasion se présente, elle peut transformer d'un claquement de doigt, du Champagne en un vulgaire cidre doux.

Paul
Alors pour fêter ça, mangeons la galette, sans en avaler la fève, et buvons le Champagne !

Charles
Buvons à notre tondeur de moutons !

Suzette, *va chercher la galette.*
La galette est prête, et le Champagne est au frais, Vive la Nouvelle-Zélande, allez trinquons aux moutons !

Paul
À bas le *viager*, Vive les moutons !

Scène 2

On sonne à la porte en insistant.

Charles
J'espère bien que ce n'est pas encore cette vieille bonne femme qui revient.

Paul, *en voyant le foulard sur le canapé et en le montrant.*
Elle a oublié son foulard !

Suzette
Oh Zut ! Alors c'est elle qui sonne.

Charles
La galette, le Champagne !

Suzette, *en allant ouvrir la porte.*
Ne vous inquiétez pas, elle va l'avaler la fève, elle va s'étouffer, et je m'en charge.

Charles, *en insistant.*
Oui si c'est elle, tu as bien raison, il faut lui faire avaler la fève, et qu'elle en crève la vieille !

Suzette, *ouvrant la porte.*
Madame de la Tour.

Madame de la Tour
Excusez-moi, j'ai oublié mon foulard, je suis si distraite que j'oublie toujours quelque chose quelque part.

Charles, *ironiquement.*
Ce n'est pas drôle de vieillir.

Madame de la Tour
Comme vous le dites, il faudrait toujours avoir 20 ans.

Paul, *se précipitant avec le foulard.*
C'est à vous je suppose.

Madame de la Tour
Oui, mais quelle bonne odeur chez vous ! Je vois que vous avez ressuscité la galette.

Suzette, *embarrassée.*
C'est mon fils qui m'a fait le plaisir d'apporter une galette. Il est si gourmand qu'il ne voulait surtout pas manquer l'occasion de se régaler.

Charles
Oui, il sait que sa mère n'est pas une très bonne cuisinière, ni une très bonne pâtissière d'ailleurs, alors il avait prévu le désastre. Il n'était pas venu les mains vides, il avait prévu un petit en-cas.

Madame de la Tour
J'adore la galette, est-elle au moins à la frangipane ?

Suzette
Ce n'est pas moi qui l'ai faite !

Paul
Oui je pense qu'elle est bien à la frangipane.

Madame de la Tour
Elle est probablement très bonne car nous avons, juste au coin de la rue, un excellent pâtissier.

Suzette
Mon fils est très pratique, il ne s'embarrasse pas dans les détails, il va au plus près, elle vient sûrement du pâtissier du coin de la rue, n'est-ce pas Paul ?

Paul, *en soupirant.*

Oui maman.

Suzette, *à Madame de la Tour.*
Même si ce n'est pas moi qui l'ai faite, vous pouvez toujours rester pour la partager avec nous.

Madame de la Tour
Mais avec grand plaisir, je ne serai donc pas venue pour rien.

Suzette coupe 4 parts en s'efforçant de bien donner celle qui a la fève à Madame de la Tour.

Suzette
Voila chère Madame la première part est pour vous qui êtes mon invitée bien que vous ne soyez pas là pour tester mes talents de cuisinière.

Madame de la Tour, *mordant dans la galette en s'étouffant avec la fève.*
Oooh ! Oooh !

Charles, *ouvrant le champagne en visant avec le bouchon Madame de la Tour qui s'effondre.*
Ciel ! Elle est morte ?

Paul
Tu l'as tuée ?

Charles
Je ne sais pas mais elle ne bouge plus.

Paul
Tu ne l'as peut être qu'assommée ?

Suzette
Vite, il faut appeler les pompiers !

Charles
Oui Suzette, tu as raison, il faut toujours venir en aide à toute personne en danger de mort. C'est écrit dans le code civil.

Suzette
Qu'elle meure c'est parfait mais que nous ne soyons pas reconnus comme responsable de sa mort.

Paul, *se précipitant pour lui tapoter les joues.*
Non, elle respire encore.

Charles, *lui tapant dans le dos.*
Madame de la Tour, m'entendez-vous ?

Suzette, *inquiète.*
Elle ne répond pas.

Paul
Non, elle suffoque toujours, son cœur bat encore.

Suzette
Que dois-je faire ?

Charles
Il faut attendre un peu avant d'appeler les pompiers. Il n'y a pas le feu.

Suzette
Il faut mieux les appeler pour rien que trop tard. Je ne veux pas finir en prison.

Paul

Maman ne panique pas.

Charles

Gardons notre sang froid.

Suzette

Où est la fève ?

Paul, *regardant Madame de la Tour râlant avec la bouche ouverte.*

Quelque part dans sa gorge.

Suzette

Tu ne vois pas la fève ?

Paul

Non, mais je vois une grosse bosse sur son crâne.

Suzette

Oh ciel ! Si elle meure la police va croire que nous l'avons assassinée.

Paul

Non, il n'y a aucune raison.

Charles

Si mon fils, car tu es l'héritier, et ils vont faire le rapport entre toi et son héritage. Ils fouillent partout quand il y a mort d'individu, et suspicion. Ils veulent connaître le meurtrier, s'il y en a un, ou s'ils pensent qu'il y en a un.

Paul

Mais papa, c'est un accident.

Charles

Peut-être mais il va falloir le prouver ?

Suzette

C'est tout prouvé d'avance avec une fève coincée dans son gosier.

Charles

Et une grosse bosse sur la tête !

Suzette

La bosse c'est en tombant qu'elle se l'ait faite.

Charles

En tombant sur un bouchon de Champagne !

Paul

Oui papa tu as bien raison, cela va être très dur de le faire avaler à la police.

Suzette

Mais un bouchon de Champagne, il saute, il vole, et il se pose où il veut !

Charles

Dans ce cas précis, il a bien choisi sa cible.

Suzette

Et alors, cela peut passer pour un accident. Ce ne doit pas être la première fois dans l'histoire de l'humanité qu'un bouchon de Champagne assomme quelqu'un, et en plus, si la victime est une vieille dame un peu branlante.

Charles

Ce n'est pas en faveur de l'héritier. Les flics ne verront peut être pas le cadavre comme toi. Ils vont être suspicieux sur les circonstances du drame.

Paul

Oui, cela fait beaucoup une fève qui se coince dans la gorge plus un bouchon de Champagne qui atterrit sur le crâne de la victime !

Suzette

Où est le bouchon, l'arme du crime, il faut le faire disparaître, et au plus vite, en le jetant par la fenêtre.

Charles

Pour qu'il tombe en bas avec dessus mes empreintes digitales.

Suzette, *ramassant le bouchon*.

Vite une serviette pour essuyer le bouchon, et hop, plus d'empreinte.

Paul, *lui tendant une serviette*.

Tiens maman.

Suzette, *essuie le bouchon et le jette par la fenêtre*.

Et oust ! C'est fait, il n'y a plus de preuves, elles se sont envolées par la fenêtre.

Charles

Ouf ! Je respire.

Paul

Toi papa tu respires mais elle, est-ce qu'elle respire encore ?

Madame de la Tour, *en râlant.*
Oh, oh, oh seigneur !

Paul
Le seigneur ne peut rien faire pour vous Madame, c'est la fève qui s'est coincée dans votre gosier.

Madame de la Tour, *en râlant.*
Oh, oh…

Paul, *lui tapotant dans le dos.*
Elle reprend des couleurs, elle ouvre les yeux !

Madame de la Tour, *crachant la fève.*
Je crois bien que j'ai perdu connaissance, et que je délirais. Il m'a semblé que j'entendais des voix qui voulaient ma mort, oui je croyais que vous vouliez m'assassiner. Quelle horreur !

Suzette
Maintenant vous allez bien, vous avez repris connaissance. Ce n'était plus qu'un mauvais souvenir.

Paul
Oui, qu'un mauvais rêve que vous allez bien vite oublier.

Madame de la Tour
Vous m'êtes si sympathiques, merci de m'avoir sauvé la vie.

Suzette
Voulez-vous avant de partir une petite coupe de Champagne pour vous remettre de vos émotions.

Madame de la Tour
Oh oui ! Car j'ai eu assez d'émotions pour aujourd'hui, et j'ai bien besoin d'un petit remontant avant de rentrer chez moi pour me reposer un peu, et reprendre mes esprits.

Charles

Allez ! Buvons tous une petite coupe pour oublier ce petit incident.

Suzette

Trinquons chère Madame à votre tour du monde.

Charles, *ironique.*

Et à ce pauvre Paul qui devra encore attendre avant de prendre possession de votre bien.

Madame de la Tour, *ravigotée en levant son verre.*
Vive la vie !

Paul

A vos amours !

Madame de la Tour

Allez ! Comme on dit, encore un dernier petit verre pour la route !

Suzette

Une petite coupe de Champagne ne peut pas vous faire de mal !

Madame de la Tour
Non, car il a une belle couleur et il pétille !

Charles.
Rien d'étonnant, il vient tout droit de ma cave !

Madame de la Tour
Il est bien bon, il est bien frais, et il descend bien !

Charles, Paul, et Suzette, *levant leur verre*.

Buvons à votre santé !

Madame de la Tour
À la vie ! Et qu'elle est belle ! Allez trinquons !

Scène 3

On sonne à la porte en insistant.

Charles
Suzette, attends-tu quelqu'un ?

Suzette, *étonnée.*
Non, pas que je sache !

Paul
Ne bougez pas, je vais ouvrir et chasser l'intrus !

Madame de la Tour
Suis-je de trop, sinon je peux partir ?

Suzette
Je n'attends personne.

Paul ouvre la porte, et agréablement surpris, il se trouve face à une belle jeune fille.

Paul, *à l'inconnue.*
À qui ai-je l'honneur ?

Valentine
Je suis Valentine, ma tante doit être chez vous pour une dégustation, alors je me suis permise de venir la rejoindre.

Madame de la Tour, *très surprise de voir sa nièce.*
Valentine, ma chère enfant, quelle belle surprise, mais que fais-tu ici ?

Valentine, *toute pimpante.*
Tata, j'ai vu ton petit mot alors je suis venue te rejoindre.

Madame de la Tour

Oh mes chers amis, excusez-la, je lui avais laissé un petit mot pour ne pas qu'elle s'inquiète de ne pas me trouver à la maison, en lui indiquant bien que je venais chez vous pour participer à une dégustation, alors bien sûr, comme elle est très gourmande, elle a sauté sur l'occasion pour venir se joindre à moi.

Charles

C'est bien la jeunesse, ils foncent tous sans réfléchir.

Madame de la Tour

Ce ne doit pas être le cas pour Paul votre fils car il semble très raisonnable ce beau jeune homme.

Suzette

Oh non ! Son dernier fantasme, il veut nous abandonner pour partir tondre des moutons en Nouvelle-Zélande.

Charles

Imaginez un pauvre père de famille pleurant son fils qui part tondre des moutons à l'autre bout du monde, après lui avoir payé des années d'étude à l'université, quel gâchis !

Valentine

En Nouvelle-Zélande, mais c'est magnifique, je rêve d'y aller depuis que je suis toute petite.

Paul, *tombé sous le charme de la belle inconnue.*

Mais vous pouvez m'accompagner si vous le voulez bien. J'accepterai avec grand plaisir. Vous êtes si charmante que votre compagnie me sera très agréable.

Valentine

Tata, tu entends, ce beau jeune homme qui accepte que je l'accompagne en Nouvelle-Zélande. C'est fantastique, c'est un rêve que je vais pouvoir enfin réaliser.

Madame de la Tour, *bouche bée.*
Tu vas faire quoi en Nouvelle-Zélande ?

Valentine
Je vais compter les moutons qu'il va tondre, et je vais encaisser l'argent, je serai sa comptable si il le veut bien ?

Paul, *tout heureux.*
Mais c'est fantastique ! J'avais justement besoin de quelqu'un pour compter les moutons tondus par mes propres mains, et pour encaisser l'argent, sans perdre un temps si précieux à compter les dollars, et à rendre la monnaie, car chaque mouton tondu, ce sont des dollars qui vont tomber dans ma poche.

Valentine
Mais pour chaque mouton tondu, je garderai un dollar pour moi.

Paul
Avec un peu de pratique, d'après les statistiques, il ne faut qu'une ou deux minutes pour tondre un mouton, et à ce rythme là, on peut en tondre jusqu'à 200 par jour.

Valentine
Même si je ne suis pas comptable, avec une petite calculette je pourrai suivre la cadence.

Paul, *en lui tapant dans la main.*
D'accord, marché conclu !

Valentine, *de joie saute au cou de sa tante.*
Tata, es-tu d'accord ?

Madame de la Tour

Je n'ai pas le choix, tu me mets le couteau sous la gorge.

Valentine
Ne t'inquiète pas, je t'enverrai des cartes postales, et tu pourras aussi me suivre en vidéo sur ton smart phone.

Madame de la Tour
Si je comprends bien, je vais faire mon tour du monde en te suivant sur Internet, assise sur mon canapé à compter les moutons avec ou sans leur toison.

Valentine
Tata, c'est la plus belle chance de ma vie, je ne peux pas la laisser passer.

Madame de la Tour
Bien sûr que non, à mon âge à 80 ans, je vais donc faire un tour du monde en vidéo conférence.

Valentine
C'est le progrès tata, maintenant tout est digital.

Madame de la Tour, *l'œil malicieux.*
Je ne suis pas tombée de la dernière pluie, si Paul était vieux et moche, tu ne serais pas partante, les moutons te laisseraient complètement indifférente, mais le charme d'un beau jeune homme te donne des ailes, si je comprends bien ?

Valentine
Peu importe les circonstances, je saisis la chance qui s'offre à moi, car elle ne se représentera peut-être plus jamais, crois-moi tata !

Madame de la Tour, *l'œil malicieux.*
Je te crois !

Charles

Je ne suis pas Madame Soleil mais je te l'avais bien dit Suzette qu'il allait encore s'envoler notre pigeon voyageur !

Suzette

Peu importe, puisqu'il part entre de bonnes mains, et que j'aurai toujours des nouvelles de lui, même s'il ne nous écrit pas, car j'en aurai par Madame de la Tour qui en aura par sa nièce.

Madame de la Tour, *l'œil malicieux.*
Alors buvant le Champagne aux jeunes tourtereaux !

Suzette

À leurs amours !

Charles

Vive la jeune jeunesse !

Tous en levant leur verre.
Et vive les moutons tondus ou pas !

RIDEAU

Paul, jeune aventurier, revient au pays. Ses parents l'attendent avec beaucoup d'impatience, et ils ne veulent plus le voir repartir à l'autre bout du monde. Mais comment faire pour garder près d'eux ce pigeon voyageur, vont-ils pouvoir réussir ? Car parfois la vie est pleine de surprises !